乱世！八王子城

山岩 淳

八王子城落城の謎にせまる！
高尾山はなぜ戦場にならなかった！

はじめに

歴史を理解するには、ストーリーがよく分かるテレビドラマか小説、漫画がいいといわれる。今回は、どこでもいつでも誰もが読める小説に挑戦してみた。本書では、北条崩壊のきっかけになった八王子城合戦を紹介することにした。八王子城のおおよその歴史を理解したうえで実際に歩いてみると、この山城の魅力を存分に味わえるのではないかと思う。

時代背景、八王子の歴史、現在の場所などを、本文の中で説明することにした。難しい用語はページの欄外に載せ、主なものは区切りのいいところでまとめて説明してある。用語の意味が分かる人は飛ばして読んでも差し支えない。

現在は一部の城マニア、心霊スポットマニアなどが八王子城を歩いているが、八王子市民をはじめ、多くの一般の人に「戦国の終わりを告げた」といわれる名城の魅力を知ってもらえたらと思う。四百余年もの間、ほとんど手つかずに残っている堀切、石垣など、中世の山城をいまに伝える遺構があちこちにあり、その分、歴史のロマンに浸れる場所である。特筆すべきは、誰もが知っている武将たち、前田利家、上杉景勝、直江兼続、真田一族らが大挙して八王子城攻めに馳せ参じたことだ。

八王子城本体の他にも、個人の力量に応じて、浄福寺城、小田野城、心源院、太鼓曲輪、詰め城、搦め手の色々な滝なども楽しめる。この小説を読んで、一人でも多くの人が八王子城に興味を持っていただけたら望外の喜びである。

二〇一七年三月三日

目　次

・挿画　金子純子
・装幀　遠藤　進

（※表紙に『八王子城今昔物語絵図』あり）

1．月夜峰の宴

天正十七年（一五八九）秋、武州八王子城の城主、北条氏照の月夜峰別邸では、氏照主催の月見の宴が開かれていた。

月夜峰は現在の共立女子大キャンパス内にある。

すすき揺れ、萩やおみなえしが彩りを添える、月明りの晩。歌声や歓声は夜遅くまで続いた。武将や女子どもだけでなく、下級武士や近隣の農民たちも招いての交歓会だった。氏照はその様子を満足そうに眺めていた。

しかし、氏照の心には今宵の月明りほどには晴れぬ懸念があった。**豊臣秀吉**の動向である。まだ何ともいえない情勢ではあったが、氏照には西国の不穏な雰囲気が気がかりであった。この時点では、氏照にも、八王子城が翌年、秀吉軍の攻撃にさらされようとは予想しえなかった。

急ごしらえの舞台では、笛の名手、笛彦兵衛が奏でる**名笛「大黒」**の音色が響き渡っていた。列席者は神妙な面持ちで耳を傾けている。大黒は氏照所有の笛である。

氏照は、すっかり出来上がっている横地監物に話しかけた。

「監物、今宵はいい満月であるな」

「まことにさようで。殿の名笛もいっそう冴えますな」

「ところで監物、そちと相談したい議がある。明日**未三つの刻**(午後二時)に城へ参れ」

「分かり申した。して、ご用向きは?」

「秀吉と小田原のことじゃ。詳細は明日に」

この段階で、秀吉は九州を手中に収め、残るは関東の北条と東北の伊達の攻略であった。秀吉にとって**日の本**統一は悲願。戦功をあげた大名への報償を確保するためにも、北条と伊達の討伐は最大の野望である。氏照はそれを敏感に察知していた。

氏照は、秀吉が家康を使い、北条家を屈服させようとするはずだと踏んでいた。北条を落とせば、伊達も落ちるのは時間の問題。秀吉は、北条と伊達の分断を狙ってくるだろう。

とはいえ、強大な力を得た秀吉にどう対応したものか。氏照は酔いの回らぬ酒を流し込んだ。

【名笛大黒】

大黒とは氏照の名笛の名で、彦兵衛が預かっている。この笛が壊れた時、現在の小宮駅近くに残る**東福寺**で祈願したところ、元に戻ったという伝説が知られている。

日の本（日の昇るもとで日本のこと）　東福寺

2. 横地への城代依頼

月夜峰での月見の翌日、横地監物と補佐役の信之助は、登城時に使ういつもの下の道ではなく、客人用の上の道を進んでいた。殿は気安い人柄で、部下に対しても横柄な態度をとるような性格ではなかったが、それでもこうして上の道を歩いての面会となると、やはり緊張があった。二人とも押し黙り、時折、気を紛らわせようと**縄張り**を確認したりした。信之助は若手の有望株と目されている、八王子城きっての理論派、戦略家であった。

在りし日の**織田信長**の招待で安土城を見た氏照の重臣、**間宮綱信**は、八王子城築城の際、上の山から大手門に伸びる約一・五キロの上の道をつくるべしと進言した。道幅は四間（八メートル）と、安土城よりも広くした。道幅が広いと戦で不利になるが、客

縄張り（城郭設計）　間宮綱信

人の登城口でもあるため、見栄えをよくしたのである。同じ理由で、ご主殿に上がる**虎口**の階段も、上の方が1メートルほど幅広にしてある。

上の山は現在の「宮の前バス停」西側近くにある。

横地は大手門前で重い口を開いた。

「大手門までの道は素晴らしい。しかし、戦では**馬防柵**が必要だな」

信之助は、はっと我に返ったようにうなずいた。

「太鼓曲輪の尾根から、横矢がかりが有効でしょう」

とりとめもない会話で緊張をほぐしながら、大手門を通り、**曳き橋**、虎口を通って、御主殿の正門に二人は到着した。

正門の見張り番は二人を認めると、

「横地どの、信之助どの。先ほどから殿がお待ちしておられまする」

「それはかたじけない」

「案内の者がすぐまいります」

案内の女性がきた。華やかな雰囲気が周囲を和ませる。

「これより殿のところへご案内させていただきます」

女性の歩調に合わせ、ゆっくりと中庭を通る。すると、大勢の女性たちが鉢巻をして、威勢のいい声をあげながら、**薙刀**の訓練をしていた。信之助がたまらず聞いた。

「毎日訓練しているのでござるか」

「ええ、ほぼ毎日でございます」

「なんとも、頼もしいことだ」

横地も頷きながら、

「我々も女子衆に負けないよう、もっと鍛錬に励まないとなら

薙刀（なぎなた）

ぬな」

と、自らを戒めるかのように呟いた。

奥の間で氏照が待っていた。

「呼び立ててしてすまぬ」

横地と信之助は同時に叫んだ。

「とんでもござらぬ！」

氏照はやや笑みを浮かべながら本題に入った。

「秀吉と小田原の現状、すでに耳に届いておろうかと思う。それを踏まえたうえで、そちらに伝えおきたいことがあるのだ」

氏照はかつて、**武田信玄**との戦いで、**小仏峠**からの奇襲攻撃にあい、**滝山城**の二の丸まで攻め込まれた。それまで、上杉勢を牽制するあまり、北の多摩川側の守りを強くしていた。しかし、滝山城の南や西側は高低差が少なく、信玄の攻撃に弱さを露呈して

滝山城　小仏峠

しまった。さらには、強力な武器である鉄砲に対処できないことも判明した。

小仏から侵入してくる敵を防ぐには滝山城だけでは物足りない。新たな山城を築く必要がある。そう判断した氏照は、小仏峠から八王子へと続く**案下道**の近くで、高低差もあり、天然の要害ともいうべき岩山、深沢山に狙いを定めた。ここに約八年をかけて、八王子城を築き上げた。

北条は真田と何度も争乱を起こした。この段階では、北条が沼田城を、真田が**名胡桃城**を持つことでひとまずは決着していた。しかし、だからといって北条も真田も、秀吉が私戦を禁じた惣無事令に従ったわけではない。一方的な秀吉の裁定に一件落着したかのように見せかけているだけだった。

氏照は続ける。

案下道　名胡桃城（なぐるみじょう）

「この先、一族を守るため、また兄者を助けるため、小田原に詰めることが多くなる。監物、そちには城代としてこの城を守ってほしい」

一瞬、横地はたじろいだ。八王子城が堅牢強固な山城であることは、**曲輪**や**勢隠し**などの戦略的構築を自ら立案したのだから、よく分かっているつもりである。とはいえ、殿のいない城で采配を振るうとなると、事情が違ってくる。しかし、殿とて苦渋の決断であろう。本来ならば、我ら八王子衆とともにこの城で戦いたいに違いない。その気持ちを押し殺しての小田原行きなのだ。

「分かり申した」

横地はためらいを振り払い、決然と告げた。

「うむ、心強い。頼むぞ。

加えて信之助にも頼みたいのだが、横地の補佐を務めて、秀吉

曲輪（くるわ）　勢隠（せがくし、伏兵を隠す場所）

軍との戦いの戦略を練ってほしい」

次は信之助が驚く番だった。横地殿を幼少のころから父と慕い、その一挙手一投足をまねながら育ってきた信之助。成人し、上役への登用も約束されている。それがかえって古参の家老たちの反発を招いてもいる。そんな自分に皆がついてきてくれるだろうか。不安はぬぐえない。しかし、武士の子と生まれ、殿と仰ぐ人から願われて、まさか断るなど以ての外。信之助は心を決めた。

「微力ながら懸命に務めさせていただきます」

「秀吉配下の北陸勢、特に前田や真田が攻めて来たときに、どういう戦略で対抗するかを早急に練り上げてほしい」

信之助は深々と頭を下げた。氏照は頼もしそうにその姿を見つめた。横地は感に堪えないといった表情で眺めていたが、おもむろに立ち上がり、

「ちと失礼。**はばかり**へ」

と言って座を空けた。

氏照は信之助の目を見ながら伝えた。

「北条家存続のため、横地とともによろしく頼むぞ」

「はい！　身命を賭して邁進いたしまする」

「よし。もっとちこう寄れ」

氏照は誰にも聞こえないように小声で、あることを信之助に伝えた。

「…………」

信之助は目を見開いたが、すぐに得心すると、

「心にしっかり留めておきまする」

と答えた。氏照は安心したように人心地ついた。そこへ横地がそそくさと戻ってきた。

はばかり（トイレ）

「本題も終わったので、どうじゃ、茶室で一服……」

氏照のお点前で茶がふるまわれた。信之助は、

「結構なお点前でございます。ところで、床の間の、すすきと萩の生けてある透きとおるような器はなんでありましょうや」

「信之助はさすがに目が高いのう。あれは伊太利亜（イタリア）のベネチュアの**レースガラス**という珍しい器じゃ」

「ほほう、どちらから入手なされたので……」

「間宮が信長公に謁見したときに頂いたものじゃ」

この時代、南蛮（ポルトガル王国、スペイン帝国、ペルシャなど）の商人と日本の商人との南蛮貿易が盛んだった。中国との交易も多く、八王子城でもたくさんの陶磁器が発見されている。人的な交流も多種多様で、商人の他に修験者、忍者なども出入りし、情報収集やスパイ活動も盛んだった。

【間宮綱信】

八王子城の重臣。氏照の使節として信長に謁見し、安土城を案内してもらい、八王子城構築の参考にした。後に徳川に仕え、旗本となった。一族に後の間宮林蔵がいる。

【曲輪】

城の一部を土塁などで囲んだ場所。八王子城では、武将の名前や領地を付けた曲輪が多く、小宮曲輪、金子曲輪などがある。金子曲輪は、八王子城の重臣金子家重の曲輪で、金子はここで戦い、果てた。他にも、近藤曲輪、山下曲輪などがある。武将の名前は付いていないが、太鼓曲輪、無名曲輪など、その形状に基づいて付けられたものもある。当時からそう呼ばれていたわけではない。

【横矢法】

敵を正面に迎え、横からも攻めることができる。戦いを有利に運べる戦法である。

【曳き橋】

敵が攻めて来た時、味方が渡ったあとに、橋ごとを曳いて破壊、敵の侵入を防ぐ。

【虎口】

曲輪への入り口を鉤型にして、敵の侵入を遅らせる構築。八王子城のご主殿への登り口は典型。正面と側面から敵を狙えるようになっている。

【薙刀】

槍のように長い柄と、刀のような長い刃を持つ武器。女性の武道というイメージがある。

【滝山城】

八王子城に移る前の氏照の居城。今では桜の名所としても有名。特に尾根から望む桜は、普通の公園とは違い、京都の吉野の桜と似ていてすばらしい。

【レースガラス】

大阪城と仙台の青葉城にベネチュアの器はあるが。レースガラスは八王子の郷土資料館にしかない珍しい器である。八王子城の御主殿の発掘で発見されたもの。

3. 八王子城合戦の戦略

数日後、信之助は御主殿で氏照と横地に、来る八王子城合戦に向けた戦略を説明することになった。

氏照は待ちきれぬといった表情で口を開いた。

「さて、早速だが、戦略を説明してもらおうか」

「書面にしたものを用意いたしました。こちらをご覧にいれながら、概略を御説明申し上げます」

其の一、**支城**の支援
八王子城での戦いは、最悪の場合、早い時期に、北陸から上杉、前田、真田の秀吉同盟軍が攻めて来ると思われる。対応として、八王子の戦力をあらかじめ北へ移動しておいて、なるべく敵を北

支城

条の支城で叩いておきたい。八王子城に迫られる前に蹴散らすのが、一番効果的である。攻め手は、食料や戦闘物資などを現地で調達しながら進軍してくる。土地勘もない。その点、我が八王子勢を含む北条は、勝手知ったる関東一円を支配しており、間道や抜け道の情報に長けている。支城からの物資の調達が可能なので、絶対的に有利である。常に連絡を保っておけば、支城の降伏、寝返りも防げる。

其の二、大手での戦い

八王子城での戦いとなった場合、秀吉軍の兵の方が多数の可能性が高い。八王子城の地の利を活かして戦うことが、何よりも重要である。特に、各城戸門、橋、沢、**馬蹄段**、田んぼなどでの戦い方を工夫する必要がある。矢、槍などの他に、**種子島**を有効に

馬蹄段（ばていだん）　種子島

使うことが肝要。山麓部の**大手**では、戦力の差で押され気味となるのは致し方ないので、できるだけ消耗を避けるため、時期を見て後退し、**山王台**、**柵門台**、**櫓台**、**高丸**での要害部防衛線で敵と本格的に戦いたい。初日に防衛線を突破されないように踏ん張り、敵方が野営したところを奇襲する作戦とする。野営のための食料の用意などに追われている間隙を狙いたい。

其の三、搦め手での戦い

搦め手からの要害防衛線への攻めを遅らせて、大手と搦め手での、寄せ手による同時はさみ撃ちを何としても避けたい。搦め手には多くの戦力を配置できないので、忍者の**風魔小太郎一族**、修験者、僧侶などを派遣して、陽動作戦などを展開する。忍者の武器である手裏剣、毒針、火の玉などの小物を有効に活用し、不気

大手　搦め手(からめて)

味さを演出して**寄せ手**の士気を下げる。いずれにしても、城の縄張りの特長を活かし、戦略と戦術を有効に使い、武将がいかに指導力を発揮して戦うかが決め手となる。忍者たちが神出鬼没の戦いを展開し、寄せ手の進軍を遅らせることが搦め手勢の役割である。**浄福寺城**、**小田野城**からも戦闘部隊を供給する。

其の四、**要害**部防衛線での戦い

　山王台、柵門台、櫓台の三台を支援する高丸を防衛線とし、ここを初日に守りきることが重要である。最初は石や丸太などを落として寄せ手の進軍を止める。この方法を用いれば、農民たちでも容易に戦闘に参加できる。五十間（約九〇ｍ）以内に近づいたら、種子島を撃ち込み、次に弓を使い、最後は槍で応戦する。白兵戦になったら槍と刀で徹底抗戦を試みる。とにかく防衛線を死守し、敵方を退却させ、野営中に奇襲をかけるようにしたい。

其の五、要害部での戦い

山王台、柵門台、櫓台、高丸が突破された場合は、小宮曲輪、**中の丸**で総力をあげて戦う。万が一の最終局面では、本丸に終結して、一致団結して戦う。**松木曲輪**からの**詰めの城**への脱出も考えておく。

明快な説明を聞いた氏照が頷く。

「なかなか良い戦略だ。次の軍略会議で儂の方から提案させてもらおう」

「ありがとうございます。もったいなきお言葉にございます」

「この戦略を基礎として、各曲輪、城などにも戦術を展開してもらいたい」

　腕組みしていた横地が、氏照の言葉を引き継いで付け加える。

「多くの兵が配備できないので、搦め手での**風魔小太郎一族**の活躍が肝心だ。この点、徹底しておいてほしい」

「よく説明しておきます」

　信之助はほっと胸をなでおろした。最強と目される秀吉軍との戦い。その対応策を考えるために、どれだけの兵法書や歴史書を当たったことか。ほとんど睡眠もとらずに今日に備えた。とりあえずは受け入れられたが、すべてが報われるのは決戦に勝利してこそだと気を引き締めた。


【大手と搦め手】

大手は正門を意味し、搦め手は裏口を意味する。八王子城では、大手は御主殿側、搦め手は**松竹**側である。

風魔小太郎一族（北条の忍者）

【八王子の地名の由来】

平安時代、華厳菩薩妙行和尚が牛頭天王のお告げを受けて、牛頭天王と八人の王子を八王子権現社として深沢山にまつった。北条氏照が深沢山に城を作る時に、今度は城の守り神としてまつった。よって八王子城と呼ばれ、これが八王子の地名のいわれとなった。

【馬蹄段】

馬のひずめに似た形の、階段状の曲輪で、金子曲輪の上下に七段もある馬蹄段が有名である。八王子城にはあちこちにあり、高低差を活かして寄せ手を上から狙える。鉄砲戦に対応した、八王子城ならではの大きな特長である。

【種子島】

種子島とは鉄砲のことで、ポルトガルの宣教師が九州の種子島に持ち込んだことから、種子島といわれるようになった。信長の三段打ちが有名である。弾を詰めるのに時間がかかるので。三列に並んで順番に打つ方法である。鉄砲は高価で値段は一丁およそ十五石。下級武士の年俸と同じ、足軽なら十人分である。八王子城では高価なため多く装備できず、信長のような三段打ちはしていない。一石は一〇〇キロ、一〇〇升なので大体の価格が想像できる。日本にはねじ切りの技術がなかったため、針金を巻いて刀鍛冶がろう付けしたらしい。

【公と民の取り分】

この頃、秀吉は検地をすることにより税収を増やし、武士と農民を専業化して**兵農分離**を進めた。農民から武器を取り上げるために刀狩りを実施。一方、北条は兵農分離を進めず、北条の兵は兵農兼業だった。

公は税金、民は農民の取り分

	公	民
北条	４	６
豊臣	２	１
全国平均	５	５

今でも五公五民という言葉が残っている。

【風魔小太郎一族】

忍者といえば伊賀、甲賀が有名であるが、風魔小太郎一族は代々北条に仕えた忍者一族である。忍者の役割りは情報収集が主な目的で、必ずしも映画に出てくるような目立つ衣裳ではない。行商、修験者などになって、諸国を巡り歩いては情報を集めていた。走るスピードが速く、道なき道を移動できるので、連絡が短時間で可能だった。武器は手裏剣、毒針など、小型のものを使用した。火の玉、天狗の面などを使い、不気味さを演出して敵の士気を削いだりもした。八王子城での搦め手で少人数で大活躍した。

【兵農分離】

いざ戦いになると農民もかり出され、戦いに参加させられた時代から、信長の時代以降、戦いは武士、農業は農民と、兵農分離が進んだ。しかし、北条では兵農分離が進んでいなかった。装備もお粗末で、くわ、なた、まさかりも使用された。八王子城での戦いでは、精鋭四〇〇〇が小田原に詰めたため、三〇〇〇人で城を守った。そのうち、武士は一〇〇〇名程度だったといわれている。ちなみに、秀吉軍は総勢5万、うち寝返った兵力は一五〇〇〇にも達した。兵農分離が進んでいるところでは、戦を見学するのが農民の楽しみだったとか！

【要害】

戦いの要になる重要地点を要害部といい、八王子城では城山上部の本丸、小宮曲輪、松木曲輪、中の丸などを指す。

4. 沼田問題の再発

天正十七年（一五八九）十月二十四日、縄張り争いで常に緊張状態にあった北条重臣の沼田城代**猪俣範直**が、独断で真田の名胡桃城を攻め落とした。

この報せを聞いた秀吉は激怒した。

「北条の馬鹿が！　わが惣無事令をなんとこころえる！」

真田の訴えを聞いた秀吉は、北条に宣戦布告状を出した。いつまでも従わない北条を組み伏せる、千載一遇のチャンスでもあった。

布告状を見た**北条氏政**も、秀吉と同じく激高した。

「何様のつもりだ！　秀吉の田舎ざるめが！」

怒りに身を震わせた氏政は、

「関東がほしければ攻めて来るがよい！」

と豪語した。嫡男の**氏直**に北条家の仕切りを譲っていた氏政だったが、裏ではまだまだ実権を握っていた。

沼田問題が発生する前、天正十五年（一五八七）十二月三日に、私戦を禁止した「**関東奥惣無事令**」という令が秀吉によって出されていた。同じ時期、伊達も会津との間で同じような問題を起こしていた。秀吉はいつか沼田問題が再燃し、北条が戦に踏み切ると予測していたのだろう。この令に違反したらば、すぐにでも討伐に打って出ようと狙っていたのかもしれない。

天正十七年十二月には、氏政が秀吉に謁見するために上洛する予定になっていた。しかし、それよりも前に北条が名胡桃城を攻めたので、これ幸いとばかりに宣戦布告したのであった。沼田問題そのものが、秀吉と真田の計略だったという噂もある。

沼田問題　関東奥惣無事令（かんとうおうそうぶじれい）　氏直（北条氏直）

布告状が届いてからすぐに氏直が家康に仲裁を依頼したものの、時すでに遅し。家康は何もできなかった。というより、秀吉から何も手を出すなと釘を刺されていたと考えるのが自然かもしれない。氏直は**家康**の娘と婚姻関係にあったため、どうにかしてくれると考えたのだが、どうにもならなかった。

【関東奥惣無事令】

豊臣秀吉が大名間の私戦を禁じた法令。西を制圧した秀吉が関東と奥羽の制圧をめざして発令した。北条、伊達などは従っていなかったが、沼田問題で北条が攻められる口実になった。

家康（徳川家康）

5．氏照、小田原へ

沼田問題が発生してから、秀吉の関東攻めが時間の問題となった。

城主氏照から各方面にさまざまな命令が出された。すでに戦略は信之助の案を踏襲すると決まっていた。曲輪の補強、弓矢や槍などの調達、攻撃用の石の収集や、見通しをよくするための木の伐採などが着々と進められた。正月行事、花見はことごとく中止された。

「日々、城は堅牢になっていく。あとは私の戦略がどれほど通用するか……」

物思いにふける信之助を見かねたのか、横地が声をかける。

「準備は万端じゃ。あとは殿に任せて、どんと構えておればよい」

　そうして哄笑してみせた横地だったが、心中はさほど穏やかではなかった。年配の者の務めとして、若者に不安を与えてはならぬように振る舞ってはいるが、このたびの戦が非常な苦戦になるであろうことは、百戦錬磨の横地にとってはたやすく予想できた。とはいえもはや戦を避ける手立てはない。となれば、腹を括って敵を迎え撃つだけ。出来得る限りの準備をして臨むのみだった。

　鉄砲の弾丸や刀、槍などを作るために、お寺の鐘、鍋や釜などの金属類の**供出命令**も出された。八王子城内への食料の持ち込みも進み、人々の移動も順次開始された。

　いよいよ秀吉との決戦が近いと読んだ北条氏直は、支城の城主と兵を小田原に集結させると決めた。八王子城城主の氏照はこの令によって小田原に詰めることとなった。八王子城内にて軍議を開き、小田原へ四〇〇〇人の兵を連れていくこと、その間の八王子城の城代は横地監物であることなどを、重臣たちに説明した。横地の補佐は信之介に頼む。みな、両名に協力してもらいたい」

「小田原詰の間は横地を城代にすることにした。横地の補佐は信之介に頼む。みな、両名に協力してもらいたい」

一同はすでに二人の城構えに対する活躍ぶりを見ていた。殿の命令に反対する者は誰もいない。横地から補足説明があった。

「支城から**後詰め**の依頼があった場合は、私から小田原の殿に伝えることにする」

数日後に氏照は四〇〇〇人の兵を引き連れて、城の武将と家族に送られながら小田原に出発した。誰も口には出さないが、これが最後の別れになるかもしれないと心では思っていた。氏照は馬上から、「あとはよろしく頼む」といいたげに信之助に会釈をした。

後詰め（ごづめ）

誰となく「万歳！」の声があがった。
「八王子城万歳！　氏照殿万歳！」
その声はいつまでも八王子城内に響き渡っていた。

【後詰め】

籠城しているだけでは勝てない。籠城している城に送る支援部隊を後詰めという。支援部隊がいるかどうかで、戦いに勝つか負けるかが決まるといっても過言ではない。

籠城（ろうじょう）

6. 高尾山戦勝祈願

年が明け、天正十八年（一五九〇）の初春、横地と信之助は、近く予想される決戦の戦勝祈願のため、**高尾山薬王院有喜寺**に琵琶滝から登ることにした。

琵琶滝で修行僧が信之助に声をかけた。

「信之助殿ではござらんか。まことにお久しぶりでございますなあ。して、今日は何用で？」

「城代横地殿と戦勝祈願にまいった！」

「なるほど。秀吉との一戦に備えてですな。それはご大層なことですのう」

「その前に茶を一杯いただけないものかな」

「もちろんでございます」

高尾山薬王院有喜寺

お茶でのどを潤したあとで横地が、

「日々の修行、大義である。ところでこのあたりに、最近怪しい者が現れてはおらぬか」

と問うた。僧はいかにもといった風情で答えた。

「ときどきこの土地の者ではない者がいますな」

「ふむ。おおかた秀吉めの**間者**だろう。少しでも気がかりなことかあったら、その時にはいつでも連絡願いたい」

「心得ました」

しばらく休んでから出立した。急な登りもすぐに終わり、杉並木になった。樹々の間を吹き渡る、冬の冴え冴えとした風が心地よかった。信之介がつぶやいた。

「高尾山には樹齢数百年の杉がありますな」

横地が杉並木をながめながら答える。


間者（忍者のこと、忍び、風魔、隠密、乱波、草ともいう）

「うむ。立派よのう。武士たるもの、かくのごとく堂々とありたいものだ」

やがて薬王院に到着し、二人は**飯綱権現**に戦勝を祈願した。続いて山頂を目指す。鳥の声が大きくなる。たくさんの花が泰然として咲き誇っていた。途中、富士山をまつってある**浅間神社**にもお参りした。横地が信之助に向かって告げた。

「戦国の世が終わって、富士山にいつでも登れる時代が来るとよいな」

「いかにも！　そのときはぜひ私をお供させてください」

二人は顔を見合わせて笑った。

まもなく高尾山頂上についた。

「横地殿！　晴れ渡って富士山がよく見えますぞ！」

「北条の支配する国、**十三州**のほとんどが望めるな」

飯綱権現（いずなごんげん）　浅間神社（せんげんじんじゃ）　十三州

横地はいかにも満足といった感じでしきりに頷いた。世は何事もなく、泰平に見えた。鳥、花、山、木々、いずれも穏やかに佇まい、来るべき戦のことなど何ら意に介していないのであった。

冬至のころになると、ここから富士山の頂上に沈む太陽が拝める。霞台や**金毘羅台**からは日の出が見られる。今年の冬至は、無事に迎えられるだろうか。そんな思いが二人の胸に去来していた。

高尾山は武田信玄や上杉謙信などの武将にも守護神として崇められていた。飯綱法という妖術の霊能力が祈願され、**戦神**（いくさがみ）として篤く信仰されていたのである。そのため神聖な場として、どの武将からも侵略されることはなかった。**制札**によって、木々の伐採が禁止され、山自体が保護されることさえあった。

【高尾山】

高尾山では城造りや武器用として、木、竹や動植物まで取る

金毘羅台（こんぴらだい）

ことを禁止していた。違反した場合は厳しい罰則を科した。

高尾山に今でも樹齢七〇〇年もの杉や、多くの草花があるのは、戦国時代の規制があったためかもしれない。植物はこの狭い高尾山だけでも一六〇〇種もあるという。イギリス全土でも一四〇〇種しかないから、高尾山の多様な植生が窺える。

第二次大戦の時には、ここの杉が海軍の軍艦に使用されたとのこと。今でも一号路にその時の切り株が残っている。浅間神社は、甲斐の国を武田信玄が支配していたころ、富士山に行かなくとも参拝できるように、薬王院の上に建立した。薬王院は七四四年、行基が開山した。

【殺生禁断】

高尾山では仏教の慈悲の心で、すべての生き物（鳥獣）をとることを禁止していた。

制札（せいさつ）

【十三州】

駿河（静岡）、甲斐（山梨）、信濃（長野）、越後（新潟）、上野（群馬）、下野（栃木）、常陸（茨城）、上総・下総・安房（千葉）、相模（神奈川）、伊豆（静岡）、武蔵（東京、埼玉）

【高尾山の見晴し】

今は木が多く、あまり見晴しがよくないが、戦国時代はよく見えたようである。見晴しがいいせいか、蛸杉のことを一本杉といっていたらしい。八王子城は戦いの時によく見えるように木を切っていたようで、高尾山の杉のような四百年以上の古い木はほとんどない。

【飯綱権現】

飯綱権現は、高尾山薬王院有喜寺のご本尊で、カラス天狗の顔をしている。不動明王の他、カルラ天、ダキニ天、歓喜天、宇賀神、弁財天の五つの神が合体したような本尊である。

【制札】

禁止事項を箇条書きにしたもので、境内などに立てる札。神社仏閣が敵に攻められないようにお金を払って手にいれた。今でいう保険のようなもの。

7. 秀吉の進軍

いよいよ秀吉軍が動き始めた。天正十八年の二月初めに徳川が駿河を出発。三月一日、秀吉が京都を発った。三月末、道中にあった北条の支城、伊豆の山中城がたった二時間で陥落。**障子堀**などで有名な城だったが、城方の重臣の指導力不足と、兵たちの士気の低下を露呈してしまった。援軍の将は居城に逃げ帰るなど、北条の足並みの乱れは、秀吉たちを大いに勢いづかせた。

すぐ近くの伊豆韮山城は、三ヶ月も持ちこたえた。しかし、奮戦虚しくついに落城した。四月二十四日には松井田城も落城し、北条の重臣だった**大道寺**が敵の軍門にくだる。

これは、信之助が最も恐れていた事態だった。先に立てた作戦で、なるべく早い段階での各支城の援護を意見してあった。それ

障子掘　大道寺（大道寺政繁）

は一つには、敵方を本丸である小田原城に近づけないためであり、もう一つには、有力な武将たちの寝返りや謀反の気配を削ぐためであった。しかし、氏照に託されたこの意見は、小田原城での氏政、氏直、氏邦らとの会議では採用されず、氏照も思うに任せなかった。信之助はじりじりしていた。

「このままでは、関東の支城が次々と落ちていってしまう。寝返る武将も多いだろう。殿、なんとか早く手を打っていただけないものか」

信之助は、祈るような気持ちで小田原城の方角を見つめていた。

すると、なま温かい風が吹き過ぎ、木の葉の擦れる音がした。

「小太郎か！　何事だ」

風魔小太郎が信之助の前に突如として現れた。

「先ほど、**戸倉城**の城下で**鉢形城**の重臣と思われる数名が敵に

戸倉城　鉢形城

追われているのを見かけました」

「何と！　鉢形城の？」

「以前、お伝えしたように、鉢形城はすでに敵に囲まれています。落ちるのは時間の問題。おそらくは、後詰めの依頼ではないかと思われます」

「うーむ、すぐにでも支援に行きたいところだが、いまの八王子城の手勢ではとても無理だな。四月に入ってからいっこうに連絡がないが、殿は何をやっておられるのだ！」

信之介はいらいらするばかりであった。

八王子城から小田原に行った兵四〇〇〇人がもし自由に動ければ、すぐにでも駆けつけられるだろう。彼らは百戦錬磨の武士たちだ。十分に勝機はある。

その一週間後、五月十九日に始まった鉢形城での戦いが、六月十四日に集結した。一ヶ月の抵抗も及ばず、あえなく散ったとの報せが小太郎から入った。八王子城に後詰めの依頼に走ったと思われる数名は八王子城に現れず、鉢形城にも戻らなかったようだ。

このような状況になっても、一向に降伏しない北条にしびれを切らした秀吉は、支城を徹底的につぶす作戦に出た。本来、秀吉は戦を好まない性質である。当初、何万という兵が大挙して関東に入り、いくつかの支城を落としてしまえば、北条は降参するだろうと踏んでいた。しかし、小田原は何の反応も示さない。といって突撃を繰り返せば、秀吉軍に多くの犠牲が出る。しかしそれも忍耐の限界だった。秀吉は小田原の手前にある八王子城に狙いを定めた。

間者の報告によれば、老兵と農兵、女、子どもしかいない、ほぼ裸の状態だという。氏政の弟で、勇猛の名声が高い氏照も小田原に詰めていて、すぐには戻れないはずだ。いま八王子城を叩けば、自軍の犠牲は少なく、しかも徹底的につぶして、見せしめにもできる。これにより小田原が降伏する。秀吉はそう読んだ。

東北の伊達政宗も気にかかるところだが、北条の手助けに動く気配はない。どうやら北条が支城の支援もせず、会議ばかりで何もしないのに愛想を尽かしたようだ。運が向いてきたな。秀吉はほくそ笑んだ。

六月五日、小田原が後詰を期待していた**伊達政宗**も秀吉軍に参陣した。その報せを小太郎から聞いた信之助は、

「小田原が頼りにしていた伊達までも軍門に下ったか！」

と唸った。信之助は、悔しそうに横地に告げた。

「支城の支援に早々に手を付けていれば、こんなことにはならなかったはず。なんとも無念にござる……」

握りしめられた拳はわなわなと震えている。

横地も落胆していたが、空元気を装った。

「まだまだじゃ！　わしらには殿がついておる。きっと良策を考えておられるに違いない」

六月十七日、北方隊の戦功報告に小田原入りした**前田利家**、**上杉景勝**に対して、秀吉は語気を強めて言った。

「攻めないで降伏させているそうじゃが、それだけでは小田原は落ちそうにない。奴ら、籠城を決め込んでおる。氏照が居城、八王子城をみせしめとして徹底的につぶせ！　いいか、完膚なきまでに殲滅せよ！」

順調に北条の支配地域を侵略してきた利家と景勝は、当然、お褒めの言葉を頂戴できると思っていたので、非常に面食らった。

このように相手の気持ちの裏を突いたり、急に優しくして取り入ってみたりと、秀吉には人を操る天賦の才があった。

利家は悔しそうにつぶやいた。

「意地でも八王子城をつぶさなくてはならぬな」

景勝は大きく頷いて同調した。

「いかにも。我らの力を、北条にも殿にも見せつけねば」

秀吉にはもう一つの企みがあった。西から小田原城を攻めた場合、北条が北へと逃げて、八王子城に立てこもる心配もあった。だから先に**詰めの城**としての役割をつぶしておこうと考えたのである。

いよいよ八王子城での戦いが現実のものとなった。八王子城の御主殿では城代の横地が軍議を開いた。おおむね信之助の作戦が採用されていた。

「よいか！　次の二つが肝要である。

一、要害部防衛線を一日で破らせない。
二、野営した寄せ手に夜襲をかけて追い払う。
相手の数は多い。しかし、烏合の衆でもある。数を恃むあまり、士気はさほど高くない。我ら北条の力を存分に発揮し、群がる蝿どもを蹴散らして見せようぞ！」

「おおっ！　おおっ！」

【障子堀】

障子のさんのような細い道になっていて、この上から寄せ手が堀に落ちると、蟻地獄のように這い上がるのが難しい。

【小田原城籠城成功の可能性】

小田原城の縄張りは堅牢で、簡単には落とせない。城手の食料、水なども十分確保している。一方、寄せ手の食料、水などの供給は不足しがちだ。このことから、北条の籠城策には成功の可能性があると読んだ宣教師もいた。宣教師は武士社会に深く入り込み、情報収集していたらしい。**真田幸村**もフランコという洗礼名のキリシタンだったという説がある。秀吉勢は進軍で疲弊しているし、攻め込んだ場合、寄せ手の消耗が多く、冬まで持ちこたえれば、北条が有利と宣教師は読んだようだ。

【小田原評定】

北条の小田原での重臣会議のこと。和戦か決戦か、どちらかを決めることができず、長い時間をかけても決まらなかった。会議をいくらやっても結論のでないことを、小田原評定と言うようになったいわれである。会議による決定は、一見、近代的な管理方法に見えるが、会議が多く、一つの決定までに時間のかかる現代の大企業病と同じかもしれない。

8．忍城、落ちず

北条の支城が次々と秀吉軍によって明け渡される中、わずか五〇〇の兵で守り切った城がある。**忍城**である。数万の敵と対峙しても、小田原城が開城しても、落城しなかった。

浮島という城の縄張りを活かした戦い方、城代の人望と兵士の士気の高さが成功の要因だった。各城戸口の担当を決めたうえで、状況に応じて臨機応変に動ける自由な別働隊を準備していたという。

城代の人望が厚く、人民にも非常に人気があった。さらに、戦では正室や城主の娘も大活躍した。民を味方につけ、時には親族さえも戦いの場に登場し、兵士の士気を高めた。

攻め手の総大将、**石田三成**は水攻めに打って出たが、水が不足

忍城　石田三成

していた城方にかえって水を供給する結果になった。三成の作った土手を破るため、城側から泳ぎのうまい武士が闇夜に紛れて対岸まで泳ぎ土手を破壊。大量の水が三成軍側に流れ、大打撃を与えた。城の外側で経緯を見守っていた住民たちも、土手の破壊に加担していた。

忍城の健闘を小太郎から聞いた信之助は、

「いつの時代も、民の心を掴んだ城主の勝ちだな！」

小太郎は静かに頷いた。

【籠城戦で勝つには】

食料がどちらが先に尽きるか、井戸の水が十分にあるかが重要である。また、城方にとっては、城戸口が狭く、大勢で攻められない構造になっているかも重要である。寄せ手にとっては、冬までに落とさないと野営では冬を越せない。寄せ手からの調略によって城方から裏切り者が出ないことも肝要。裏切者が出るといっきに城方の士気が下がり、お互いに疑心暗鬼になる。籠城戦は、味方に後詰めの応援があるか否かも大事となる。いずれにしても、城の縄張りの特長を活かし、戦略と戦術を有効に使い、武将がいかに指導力を発揮して戦うかが決めてとなる。

9. 総大将前田、本陣を置く

天正十八年(一五九〇)六月二十二日、前田利家を総大将とした秀吉軍は、本陣を**四谷**に敷いた。上杉景勝を副将とする副本陣は、秋に氏照が月見をした月夜峰に置かれた。上杉景勝勢の一部は、搦め手勢として陣を**犬目原**(いまの犬目町)に、前田勢の一部は**甲の原**に陣を張った。

陣の準備は順調に進められ、夕方近くになった。野原を風が渡り、草木をさわさわと揺らしている。陽は斜めに傾き、西の空へと沈んでいく。しばらくすれば、多くの血が流される大決戦が開始されるなどと、誰も思いもしないほど、静かで厳かな宵だった。

軍議が開かれ、総大将の前田利家から各武将への説明があった。

四谷　犬目原　甲の原

一、前田勢は大手、上杉勢は太鼓曲輪、搦め手は上杉勢と前田が合同で攻める。
二、大手は下の道、上の道、太鼓曲輪の三方向から攻める。
三、この戦いの肝心な点は敵の戦力不足の搦め手を力で攻め、櫓台を落とし、柵門台、山王台を確保、大手からの軍とはさみ撃ちにすることである。
四、夜明け前に櫓台を確保すること。そうしないと、野営の必要が出てきてしまい、夜襲の危険が高まる。
五、大手の先鋒隊は大道寺と真田勢。山の手大手道を攻めるものとする。
六、**戌の刻**（午後十時）に大手、搦め手を同時に出陣とする。
ある武将から質問があった。

「なぜ、大道寺と真田が先鋒隊なのか？」

先鋒にすると、降伏組の大道寺が寝返るのではないかとの意味を含んだ質問である。また、どの武将も、自分の部隊を先鋒にしてもらい、戦功をあげたいと血気盛んであった。

「地の利がある大道寺と、この戦に少なからずの責任がある真田に任せるのが適任と判断した。みなのはやる気持ちは分かるが、ここは我が作戦に従ってほしい」

総大将の利家は力強く諭した。ただ、本音は降伏勢を先鋒隊にして、味方の消耗をできるだけ避けたい気持ちもあった。ここまで西国や北陸から、長い道のりを歩かされてきた兵たちは疲れ切っていた。彼らの出番をなるべく遅くしてやりたいという親心でもあった。

「おのおの方、それでは勝どきを！」

「おお！　おお！」

10．横山大城戸口突破

本隊は、六月二十二日**亥の刻**（午後十時）に、月夜峰と四谷の本陣を出発した。しかし、深い霧に悩まされて思うように進めず、停滞を余儀なくされた。**丑の刻**（午前二時）には霧もはれてきた。ここでの六月とは**太陰暦**で、太陽暦では約一ヶ月後の七月、梅雨明けの夏である。

本隊は、これといった抵抗にも遭わず、横山大城戸口にすんなり近づいた。大道寺が進軍を一時、停止した。

「おのおのがた、暫く休憩をとるぞ！」

続けて小姓に小声で命じた。

「大城戸の見張りを気づかれないように倒して、内側からかんぬきを外せ！」

12支による昔の時刻(太陰暦)

まもなく不意を突かれた見張り番が倒され、鉤付きの縄梯子が大城戸に投げかけられた。しばらくして大城戸が開かれた。

「それ、突入しろーっ！」

と大道寺が大声を上げて命じた。大城戸を守っていた兵たちは突然の襲撃にあたふたするばかりで、たちまちに討ち果たされた。

敵来襲のほら貝が鳴らされ、伝令が信之助のところに走った。

「いよいよ来たな。大城戸が突破されたか！」

小太郎を呼んだ。

「ほら貝、太鼓で、各所に敵来襲を伝えよ！　各曲輪に戦術通りに戦うように念を押せ！　戦況を刻々こちらに知らせよ。頼んだぞ！」

さらに、念を押すように付け加えた。

「搦め手が八王子城の運命を決める。おぬしら風魔一族の働きが重要だ。よろしく頼んだぞ！」

　小太郎は小さく頷いて、風のように闇夜へ消えていった。しばらくしてのち、小太郎からの続報が入った。大道寺が大手の先鋒で、裏切り者と罵られながら進軍しているという。

　信之助は腹の中で考えた。

「大道寺とて、好き好んで攻め込んでいるわけではなかろう。自家存続のため、苦渋の決断なのだ。これが戦国の定めよ！」

　大道寺にしてみれば、ここで戦功を立てずして、お家が続いていく目は全くない。よって、たとえかつての仲間が多く住む八王子城といえども、心を鬼にして攻め込むしかないのであった。ただ、小田原落城後、まさか裏切り者として切腹を命ぜられるとは知る由もなかった。

　大手の**中宿門**では激しい抵抗に遭い、なかなか突破できなかっ

中宿門

た。と、なぜか突然、門が開いた。北条方に裏切者が出たのやもしれぬ。先鋒隊は雪崩をうつように門から乱入した。しばらくすると、これを見越していたかのように門が閉じた。すぐさま北条方の槍ぶすまが先鋒隊を襲う。中宿門付近は大混乱に陥った。

「城戸を開けっ！」

武将の声がこだました。再び中宿門が開いて、逃げる攻め手と、攻撃する攻め手がぶつかり、混乱はますます募った。同士討ちする兵も出た。この段階で先鋒隊はほぼ全滅し、北条方の誘い込み作戦は成功した。

しかし多勢に無勢の状況で、混乱が一段落したあとは攻め手が態勢を持ち直し始めた。再び大道寺勢を先鋒にして、周りがよく見えるようにと、家々に火を放ちながら進んできた。山下曲輪辺りまで、城側の大きな抵抗もなく進軍した。

【十二支による昔の時刻】

現代の時刻	十二支名	読み方
午前〇時	子の刻	ね
二時	丑の刻	うし
四時	寅の刻	とら
六時	卯の刻	う
八時	辰の刻	たつ
十時	巳の刻	み
午後〇時	午の刻	うま
二時	未の刻	ひつじ
四時	申の刻	さる
六時	酉の刻	とり
八時	戌の刻	いぬ

十時　　亥の刻　　　　いのしし

一刻を四分割した場合の例
丑一つ時…時刻一時〇〇分、時間帯一時〇〇分～一時三〇分
丑二つ時…時刻一時三〇分、時間帯一時三〇分～二時〇〇分
丑三つ時…時刻二時〇〇分、時間帯二時〇〇分～二時三〇分
丑四つ時…時刻二時三〇分、時間帯二時三〇分～三時〇〇分
（丑三つ時は「草木も眠る丑三つ時」でよく知られている）

【裏切り】
戦国時代は裏切り、調略が当たり前。人が信用できない時代だった。兄弟、一族の間でも固い絆とは限らない。敵、味方に分かれることも多かった。信用できないから、政略結婚や人質も盛ん。調略も多く、特に重臣の裏切りは疑心暗鬼を招き、味方の士気に影響した。裏切るかどうかは、自家存続に

どちらが有利かが判断基準となる。真田が徳川と豊臣に分かれて戦い、どちらか一方が生き残れると踏んだのがいい例である。

【この時代の家屋】

庶民の家屋は、杉の皮に石を乗せた簡単な造り、で火をかければたちまち燃えた。

11. 太鼓曲輪の戦い

横山大城戸を破ったあと、大道寺と分かれた上杉勢は、**御霊谷門**を攻めた。先鋒隊が丸太で門を叩き破って乱入した。続いて橋を破壊し、開けた場所に出た。月明りに照らされてはいたが、真夜中なので前方がよく見えない。慎重に進む。

しばらくして、先鋒隊の多くが深い田んぼに足を取られ、身動きが取れなくなってしまった。そこへすかさず**槍ぶすま**を見舞われた。深い田んぼに叩き落とされ、槍で突かれ、先鋒隊はあえなく全滅した。すぐさま、次鋒の上杉勢が川を渡って攻め込む。圧倒的な数の力に勝てず、城側は後退を余儀なくされる。

上の山とじゅうりんじ山は、北は絶壁と沼で攻めにくいので、上杉勢の一部は、太鼓曲輪と並行している御霊谷川からも攻める

槍ぶすま　御霊谷門(ごれいやもん)

ことにした。こちらでも、正面と、太鼓曲輪の尾根側からの横矢攻撃を受けた。しかし数で勝る上杉勢、抵抗を軽くいなしながら川を突き進んだ。

太鼓曲輪を攻めていた部隊は、じゅうりんじ山で苦戦したが、一つ目の堀切になんとか侵入した。そこを登りきったあたりで、隠れていた鉄砲隊、槍隊の攻撃に遭遇。しかし、相手方の数が少なく、損害も少なくて済んだ。しかし、三つ目の堀切では大勢の城手が待ち構えていた。

堀切の上で北条方の武将が、

「寄せ手が五〇間（約九〇ｍ）以内に近寄るまで待て！」

と叫んだ。鉄砲の射撃有効範囲である。そして、寄せ手が堀切の底に降りた瞬間を狙い、

「撃てーっ！」

と掛け声を発した。寄せ手はその声に気付くのと、自分が撃たれるのとがほぼ同時という状況で、ばたばたと倒れていった。突然の種子島での攻撃に続いて、弓での攻撃も開始された。

三つ目の**堀切**は、一つ目、二つ目よりも規模が大きく深い。降りたところを、上部から狙われるとひとたまりもない。鉄砲を何とかかいくぐって登ろうとしても、今度は弓で攻められて大打撃を食らう。登りきる寸前には槍部隊の攻撃に遭い、この堀切を突破できた先鋒隊は一人もいなかった。ここは御主殿の守りの要であり、城方は絶対に死守しようと、鉄砲、弓、槍を豊富に用意して戦いに臨んでいた。

ただ、しばらくすると御霊谷川からの部隊も加わり、さすがの守り手も敗退せざるを得なくなった。太鼓曲輪が突破されたという法螺貝が、深沢山に虚しくこだました。

【槍ぶすま】

槍を持った兵が横に並び、突入する戦法。

【堀切】

尾根に造った溝で、敵の侵入を防ぐ空堀のこと。堀切に似たものに、山の斜面に縦に掘った竪堀がある。

【北条の農兵の戦い方】

正規兵の少ない北条では、鉄砲の数が少ないことや訓練された兵でないこともあり、鉄砲、弓、槍、石、丸太などをうまく組み合わせて使い、八王子城の山城の特長である高低差を活かした攻撃を展開した。

法螺貝(ほらがい)

12・大手門突破

大手門に向かって、上の道から多くの上杉勢が押しかけた。広い道に、突然、縄がピンと張られた。馬が足をとられて暴れだし、寄せ手は混乱に陥る。落馬した武将に、太鼓曲輪寄りの斜面に隠れていた槍部隊が槍を刺した。武将は断末魔の叫び声を上げる。馬上の武者を直接狙うよりは、馬の足を狙った方が効率的なのを、北条方の歴戦の勇士はよく心得ていた。

　大手門のあちこちで北条方による奇襲が始まった。ここが城側にとっての主たる防衛線であり、突破されてなるものかと、誰もが必死の形相で戦い続けた。馬防柵も敷いて守りを固め、そう簡単に押し通させない。そのとき、太鼓曲輪が突破されたという**法螺貝**が鳴った。このままでは相手の兵が増えるだけ。ここで押し

大手門　法螺貝

とどめられる公算は低い。

この状況をいち早く察知した信之助は、すかさず命じた。

「大手門に火を放ち、御主殿に退却せよ！」

八王子城で最も強固な大手門とはいえ、太鼓曲輪が破られては致し方ない。ここは一旦退いて、曳き橋を落とすのだ。城方の兵たちはすぐさま命令を理解し、身を翻して曳き橋を渡っていく。

火が付いた大手門が時間を稼いでくれた。その間に曳き橋が落とされ、多くの城方の兵が御主殿に籠った。曳き橋を落とした直後に、太鼓曲輪から上杉勢が下りてきたが、一瞬、遅かった。

13・搦め手の進軍

さて、一方の搦め手はというと、**亥の刻**（午後十時）に全軍が犬目原を出立した。真田信之を先鋒に、前田利長勢が進軍を開始した。目指すは松竹である。松竹は、現在、陣馬街道沿いのバス停があるところである。

刻々と濃くなる霧のためにほとんど動けず、**丑の刻**（午前二時）になってようやく霧がはれてきた。搦め手を攻めるには、支城の小田野城を落とさねばならない。

そちらへ進路を定めた時、前方に火の玉が一つ現れた。一つが二つになり、そのうちに三つになり、次第に数が増えていった。ゆらゆらと揺れるもの、点滅するもの、スウっと消えていくものなど、さまざまだった。

火の玉　亥の刻（いのこく）丑の刻（うしのこく）

前田勢の兵は奇怪な現象に恐ろしくなり、及び腰になる。

なま温かい風が吹き、木の葉の擦れる音がした。突然、馬上の武者が次から次へと落馬していく。馬が驚いて高くいななき、暴走を始めた。木の葉の音は風魔一族の合図で、馬上の武士と馬を手裏剣で殺せとの命令だった。

混乱した攻め手の前に槍部隊が突撃してきた。攻め手は大混乱を来し、同士討ちが始まった。また、奇妙な声がしたり、天狗が現れたり、火の玉に追いかけられたりと、不気味な攻撃が繰り返された。

これが陽動作戦であると見抜いた前田利長ら武将たちは、とにかく明るくする必要があると、周囲の木々や家々に放火しながら進軍した。それでも、あちこちで手裏剣や吹き矢で突然武士が倒れた。暗闇のゲリラ戦は夜が明けるまで続けられた。

夜がしらじらと明け、奇襲作戦は少なくなっていった。再びなま温かい風が吹いたかと思うと、木の葉の擦れる音がした。兵たちに緊張が走る。突然、兵がバタバタと倒れ始めた。敵に変装した風魔一族が、毒針を撃ち込んでいたのだった。口に含んだ毒針は**馬銭（マチン）**と呼ばれ、猛毒である。ただし、風魔には免疫があり、自身には毒がまわらないのだった。

攻め手側の一大作戦だった、大手と搦め手からの両面はさみ撃ち攻撃は大失敗に終わった。日の出の頃になると、大手で戦っていた大道寺勢が、しびれを切らして応援にかけつけた。

小太郎から搦め手の報告を受けた信之助は、

「大手はかなり追い詰められているが、搦め手の作戦はうまくいっているみたいだな」

と、考え込みながらつぶやいた。

馬銭（マチン）

「しかし、城の縄張りに詳しい大道寺が向こうにいるのは厄介だな。よし、搦め手の寄せ手を、浄福寺へ誘い込め！」

小太郎は音もなく消えた。その背中に向かって、信之助は大声をかけた。

「命を無駄にするな！　狙いは寄せ手のかく乱だ。要害部から遠ざけることだぞ！」

【葉擦れの術】

葉の擦れるような声で会話する風魔の術で、普通の人には会話とは気がつかない。

14. 浄福寺城の戦い

搦め手の北条軍は浄福寺城から出陣しているのではないかとの大道寺の助言を得て、利長勢は浄福寺城へ兵を進めた。南尾根から攻めたものの、観音堂に至っても城方の反発がない。ここはもぬけの空かと寄せ手が思い始めたそのとき、なま温かい風が再び吹き過ぎる。そして、木の葉の擦れる音が……。またしても先鋒隊がバタバタと倒れていった。風魔の**手裏剣**が兵の喉元に深く突き刺さった。

さらに、浄福寺城を任された武将が、

「やつらが充分に近づくまで待って撃て！」

と命じ、寄せ手が飛び道具の射程内に入ったところで、

「種子島、放てーっ！」

手裏剣（しゅりけん）

と叫んだ。先鋒隊は次から次へと倒れていく。利長勢はひるみつつも、なおも進んでくる。至近距離まで近づいたところでまた命令があり、

「槍でつつき落とせ！」

と声がかかった。ようやく登りきろうかというところで、急勾配の崖に突き落とされた兵たちは、地面に激しく叩きつけられて命を落とした。

浄福寺はあくまで、寄せ手が要害部に行くのを遅らせる目的として存在していた。よって、ある程度の抵抗を試みた段階で撤退することになった。浄福寺の北の丸付近の**畝堀**には、寄せ手が折り重なって倒れていた。これだけの高さを突き落とされてはひとたまりもない。東尾根からの寄せ手も、迷い道に誘導されて転落したり、横矢で攻められたりして、大半が落命した。

畝掘（うねぼり）

搦め手に与えられていた任務の、寄せ手の要害部への接近を遅らせる作戦は見事に成功した。あとは要害部の守りに期待するのみである。

浄福寺城に詰めていた兵は、先の戸倉城に落ち延びた。着いた時には兵の数が半分になっていた。彼らは浄福寺を死守したのち、生きて戸倉城へ逃げ延びるようにと伝えられていたのだった。

小太郎から浄福寺城の活躍を聞いた信之助は、

「少ない兵でよく頑張ってくれた。これで要害部への攻撃が遅くなるだろう。はさみ撃ちされる危険もかなり減ったな。消耗も最小限度で収まってよかった」

戸倉城は今のあきる野市に位置する。

【畝堀】

障子堀はいっぱい堀があるが、こちらは数が少ない。落ちると蟻地獄と同じで、登るのが大変である。八王子城関係では浄福寺城にしかない。

15・間道から要害部へ

浄福寺城をようやく征服し、利長勢が態勢をとり直したころ、上杉勢の**藤田信吉**の家臣の**平井無辺**が名乗りをあげた。自分は八王子城の地形に詳しいという。そして、搦め手からの攻撃は、道なき道の細久保沢を移動すれば、要害部の裏側に近づけると提案したのである。

この申し出は誰にとっても怪しく思えた。まず、なぜそれを知っていながら、無辺はこれまで何も言わなかったのか。そこまで詳しいのは、北条方の間者で、敵の懐に飛び込ませようとしているだけなのではないか。多くの武将がそう考えた。

無辺は申し開きをした。かつて北条方に奉仕していたが、俸禄の少なさなどから嫌気がさして、藤田信吉殿の調略に乗った。こ

平井無辺

たびの戦で藤田殿にご恩返しがしたいと願っていた。しかし、攻める前から自分のような裏切りの者が何か申し上げても相手にされまい。攻撃が手詰まりになり、進退窮まった段階で腹案を提示しようと考えていた、と。

利長は迷ったが、藤田信吉の説得もあり、この提案を受け入れた。

攻め手は、搦め手の部隊の一部を細久保沢にまわすことにした。櫓台への攻撃は、大道寺勢を加えた上杉勢の遊撃隊が担当することになった。

大道寺勢の櫓台への進撃に、城方の目がそれている間に、無辺を先頭にした特別編成部隊が、気づかれないように細久保沢への道に入った。しばらく進むと**青龍不動**があり、先は厳しい道なので小休止した。不動の先は道なき道で、地の利のある無辺がいな

利長（前田利長）　青龍不動

ければ歩けない悪路である。幸い沢が涸れている時期なので、沢に入って登りはじめた。途中からは倒木が多く、またいだり、くぐったりしながら進軍した。沢の石に苔が付着していて滑る兵が頻発し、このまま登り続けるのは危険と判断した無辺は、半里ほど戻って間道を登ることにした。

「沢登りは慣れない兵には危険なので、戻って**間道**を進むこととする。ついてまいれ！」

間道に着いた無辺は叫んだ。

「皆の者、この斜面は急なので滑落しやすい。気をつけよ！」

長く急な斜面を横断しながら登りきり、そこから沢の対岸にある**水汲みの谷津**に渡った。無辺が、

「この急斜面を這い上がると、城の裏側の**北馬周り道**に出る。ここからは敵に気づかれないよう、静かに登ることが肝要だ。

間道　水汲みの谷津　北馬周り道

登り切ったところで三つの部隊に分かれ、左右の北馬周り道から奇襲をかける。左の部隊の半数は、小宮曲輪の裏側から登って火を放つ」

休憩後に進軍することになった。**兼続**は休む兵たちにねぎらいの声をかけた。

「ここまで長い道のりをよう頑張ってくれた。あとひと踏ん張りだ。

ここを攻略できれば、大手勢とのはさみ撃ち作戦が完遂できる。おのおの方の武運を祈る！」

兼続（直江兼続）

16・山麓部曲輪の戦い

大手では、大道寺勢を先鋒にして、寄せ手が**山下曲輪**に攻め入った。高低差の少ない山下曲輪は、多勢に無勢であっという間に落とされた。守将の近藤助実は、もはやこれまでと悟り、群がる敵の真っただ中に殴り込みをかけ、悲愴な最期を遂げた。

勢いづく先鋒隊は、**近藤曲輪**、**あしだ曲輪**への登城門を丸太で押し破り、どっと突入した。しかし、城方は橋を破壊、壮絶な**白兵戦**が展開された。ここで先鋒隊はほぼ壊滅したが、残る兵がなおも沢を渡ろうとする。

そのとき、

「**堰**を破壊しろ！」

と、城方の武将から命令が下された。

白兵戦　堰（せき）

沢を渡り始めた攻め手に大量の水が勢いよく襲いかかり、先鋒隊は押し流されて全滅した。

しかし、兵はいくらでも湧いてくる。水が収まったのを見て、続々と兵が沢を渡っていく。攻め手の数の圧力に屈し、近藤曲輪、あしだ曲輪も落とされていった。


【白兵戦】

刀、槍などを使った接近戦をいう。敵、味方入り混じった混戦状態となる。接近戦で使う武器を白兵という。鉄砲、弓などを使った戦いは遠戦。

17．梅林と金子曲輪の惨劇

山麓の曲輪を落とした攻め手は、梅林へと歩を進めた。梅林に詰めていた城方は、左右の尾根から石を落とし、丸太を落とし、攻め寄せる敵を次から次へとつぶしていった。それも効果がなくなると白兵戦に躍り出た。高低差を活かし、弓矢や槍で効果的に戦った。梅の木は、吹き出す血潮で梅の花のごとく赤く染まった。八王子城合戦で一番多い死者を出す激戦地となった。

金子曲輪の守りは、鉄砲戦にも対応できるように**馬蹄段**をうまく利用した。ここを守る金子家重は、次から次へと切り込んでくる敵兵を切り倒し、武将とも渡り合い、これを切り捨てた。しかし、多勢に無勢。次第に押し込まれる展開となる。そして、最期には力尽き、槍で喉を突かれて果てた。金子家重が討ち取られた

馬蹄段

ものの、兵たちは、ここで食い止めねば、城代横地の、要害部防衛線を一日で破らせてはならないとする策がまかりならぬと理解していた。兵が一人になるまで、徹底抗戦を挑み、ついに玉砕した。そのために、寄せ手は昼になっても柵門台にたどり着けなかった。

18．御主殿の滝の悲劇

戦のとき、婦女子の仕事は、食料の用意と負傷者の手当だったが、火矢が**御主殿**に飛来し始めて、火消しなどの守りが必要になってきた。曳き橋と通用門の橋を落とし、女も薙刀を持って守りの態勢を整えた。日頃の鍛錬の見せ所である。

大手門からの部隊と太鼓曲輪からの部隊が加わり、寄せ手の勢いは増していた。曳き橋が落とされていたので、兵たちは沢を渡り、石垣を登って御主殿に迫った。退いていた城方の兵たちは白兵戦で迎え撃った。御主殿は殿が戻って来た時のために何としても死守せねばならぬ。兵たちの気概は並々ならぬものがあった。女たちも奮戦した。薙刀で、寄せて来る敵を振り払う。

しかし、あまりにも兵が少なすぎた。御主殿は炎に包まれ、燃

御主殿

え上がる。もはやこれまで……。

城主氏照の**正室比佐**は、本丸に移動するように側女に働きかけられたが、ここが最期の場と覚悟し、自決することを決意した。

「皆の者、あの世で会おう！　さらばじゃ！」

比佐は短刀で自らの首を刺し貫き、滝へと飛び込んだ。生きて恥をさらすよりは自決だと、ほかの婦女子も次々と後を追う。まさに修羅場であった。

城山川の水は、三日三晩、血で真っ赤に染まったという。命日には赤飯を炊く習慣が地元には残されている。

19．要害防衛線の守り

信之助は**殿の道**を登り、柵門台に来ていた。

「いまだ要害防衛線は破られていまいな」

と小太郎に聞いた。

「搦め手の城方が頑張っているようで、防衛線が確保できています」

と小太郎は静かに答えた。そして、音もなく姿を消した。

大手はだいぶ攻められている。ここからも御主殿が火の手を上げているのが見える。だが、搦め手の戦術はうまく運んでいるようだ。信之助は少し安堵していた。

登りの戦いになってからは、攻め手の攻撃が進まなくなった。

昼になっても、柵門台、山王台、櫓台、高丸の守りは突破されずにいた。落石、丸太落とし、それに馬蹄段の高低差を活かした防衛線が効果を発揮していた。それと、搦め手の忍者、修験者などによる奇襲が奏功しているようだった。

太陽がかなり高くなっている。しかし、いくら待っても搦め手から味方が登ってこない。総大将の前田利家は焦り始めた。

「搦め手は何をしているのだ？　搦め手から伝令は入っていないのか？」

傍に侍っていた小姓は、

「実は……、搦め手は苦戦しているとの情報が、少し前に入りまして……」

「なに！　なぜそれをすぐに言わぬ？　ええい、大道寺勢の全軍を、至急、搦め手に回せ！」

いつの時代も、都合の悪い情報はトップに伝わらないものである。

　大道寺勢のすべてが搦め手にまわり、戦局は攻め手にかなり有利に働いた。これで、当初の目論見通り、はさみ撃ちが可能となったからだ。

20．八王子城最後の戦い

小宮曲輪から戦況を見つめていた見張り兵が、高丸へ至る道で城手を攻めた敵兵を発見。なんであんなところに敵がいるのか。突然、後方で火の手が上がった。

上杉傘下の直江勢が、小宮曲輪の裏を登って火をつけた。搦め手の間道を登ってきた無辺の一団だった。まさか間道を知っている者が攻め手にいたとは！　全くの誤算だった。

間道から小宮曲輪に攻め入った一団と相対峙したのは、**狩野一庵**である。豪将と呼ばれた狩野だったが、不意を突かれて身動きが取れず、突き出される槍に急所をやられた。

「狩野一庵、討ち取ったり！」

と、敵の武将が大声で叫んだ。

高丸にいた信之助は、

「あやつらは、一体どこから登ってきたのか！」

と、誰に聞くともなくつぶやいた。それを耳にした見張り兵が、

「搦め手の間道を登ってきたようです。おそらくは水汲みの谷津からかと……」

と、静かに答えた。

「**細久保の沢**か？」

「そのようです」

「誰が先鋒だったのか？」

「上杉勢かと。よくは分かりませぬが……」

「裏切者が先導していたとしか思えぬ」

「先ほど、平井無辺の顔をちらと見ました。あやつが道案内したようです」

信之助は無辺の顔を思い浮かべた。そうか、あいつか。かつてわしとの出世競争に敗れ、地方の城へと飛ばされた無辺……。よもや、調略されていようとは。

「いや、敵ながらあっぱれ！　搦め手を甘く見た我が方の失策だ！」

信之助はためらわず命令した。

「柵門台、山王台、櫓台、高丸から撤退！　要害部に集結せよ！」

小宮曲輪の火の手を見た高丸の部隊も、山王台、柵門台、櫓台の部隊に向けて、法螺貝で本丸撤退の指令を出した。

続いて、中の丸で激戦が始まった。信之助も剣を抜き、敵兵に備える。

「あぶない！」

小太郎が叫ぶ。信之助はその場にしゃがみ込む。突っ込んできた二人の武士の一人から槍が突き出されたが、信之助の頭上をかすめるにとどまった。すぐさま信之助は武士切って捨てた。もう一人は小太郎の手裏剣の餌食になっていた。

「小太郎！　おかげで命拾いしたぞ！」

八王子神社の近くで、敵味方を交えた白兵戦となった。北条方の武士たちはみな手練れで、戦慣れしている強者ばかりだった。前田勢の**馬廻衆**、**小姓**などが奮戦するも、三十余名が討ち死にした。

中の丸の守将である中山家範は、槍を構えて立ちはだかった。次から次へと押し寄せる敵をなぎ倒していたが、流石の豪将も多数の傷を負わされ、最期には妻と相対して互いの胸を突き、自害した。

馬廻衆　小姓　八王子神社　中の丸

いよいよ残されたのは本丸のみとなった。

八王子城の麓にある大幡山宝生寺の頼紹僧正など、多くの僧侶が本丸の櫓で護摩を焚いていた。戦勝祈願をしていたのである。そんな中、大砲の弾が櫓に激突。ついに、八王子城最後の戦いが幕を開けた。

北条方の残された兵は数十人。かたや寄せ手は次から次へと登ってくる。もはや勝負はついていた。城方は固まりながら戦っていたが、だんだんと少なくなっていった。

本丸が落ちるのも時間の問題。信之助は、城主氏照から言付かった命を、いまこそ実行すべきと、城代横地の元へと走った。横地は詰めの城に潜んでいた。

「監物殿！　いよいよ落城も目の前です。こうなっては致し方ありません。殿から、万が一の時は監物殿を城から脱出させるように仰せつかっております。北条の再興を願い、ぜひ逃げ延びてください」

「なに？　殿がか！　いや、それはまかりならぬ。ここでおめおめと逃げだしたら、身命を賭して戦ってくれた仲間たちに申し訳が立たぬ」

「お気持ちはお察しします。しかし、殿は監物殿に北条の再興を託したのですぞ。その意を汲んで、なにとぞ、なにとぞ……」

信之助は無念の気持ちから言葉をつげなかった。悔し涙が頬を伝う。

横地はその姿をしばし見つめていたが、やがて納得したようにつぶやいた。

「分かった。殿のご命令に背くわけにもいかぬな。おぬしの言う通りにしよう」

「あ、ありがとうございます。数名の影武者が用意されていますので、すぐご出立ください」

横地監物と信之助は、暗くなるのを待って無名曲輪から八王子城を脱出した。本丸は夕方には陥落し、激しかった八王子城の戦いは終わりを告げた。

夕陽は赤く染まり、城山川は多くの兵や女たちの血で赤く染まり、城の方々で燃え盛る炎が山全体を赤く染めていた。どこもかしこも赤かった。横地と信之助は八王子城を振り仰ぎ、しばらくの間、合掌した。十倍以上の敵と充分に戦かった。それは間違いない。城主氏照殿も心残りはないだろう。きっと後の世に、北条家の最後の奮戦が伝えられていくはずである。

二人は今後の無事を祈りながら、二手に分かれた。その際、横地監物は信之助に重大な秘密を伝えた。信之助は殿の子であるというのである。信之助はなぜか妙に納得した。殿が自分に話しかけるときの表情や仕草にどこか特別なものを感じていたからだった。側室の子ではあったが、それでも信之助は血のつながりに嬉しさを覚えた。

その後、横地監物は小河内で討ち死にしたといわれる。しかし、これは影武者であり、実は生き延びて、他のところに墓があるという説もある。

信之助がどうなったかは誰も知らない。

【馬廻衆】
大将を守る精鋭の武将をいう。

【小姓】
いわゆる側近、今でいう秘書のようなもの。

【影武者】

戦国時代は重臣、特に城主の場合は、敵を欺くための身代わりが何名かいたといわれている。現代と違い、写真のない時代なので、顔を知っている人間がいないと本人確認ができない。よって、影武者の効果はあった。横地監物については、影武者が捕まったが、最後まで横地だと言い張り、討ち取られた老武者がいたという伝説が残っている。

21．小田原城の開城

八王子城落城の報せは、すぐに小田原城に届けられた。氏照は無念に泣きぬれた。やがて討ち死にした八王子城の重臣たちの首が城内に運び込まれ、武将の夫人や子どもなど、捕虜たちが海岸の舟の上に並べられた。これを**遠眼鏡**で見た武将たちの士気は下がり、城はあっけなく開城することになった。

八王子城の落城に加え、秀吉の調略により重臣筆頭の**松田入道**が裏切り、また、秀吉の**一夜城**が築かれるなど、城方には不利な情報ばかりがもたらされた。当主の**氏直**は自分の命を捨てることで隠居していた氏政を救おうとしたが、これは受け入れられずに高野山で仏門に入った。氏直が家康の娘婿だったためかもしれない。隠居とはいえ、実権は氏政が握っていたからとも言われる。

遠眼鏡（とおめがね）　氏直（北条氏直）

氏政、氏照は切腹となった。大道寺や松田入道も、裏切り者ということで、八王子攻めで大活躍したにもかかわらず切腹になった。無辺は地の者に討ち取られて、牛裂き場で股裂きの刑になったという。

【遠眼鏡】

とおめがね、といい、今の望遠鏡のようなもの。双眼鏡はまだなかったようである。

22．八王子のその後

落城後四百近くの間、忌み城として人々から忘れられ、一部の城マニアや心霊スポットマニアしか訪れなかった八王子城。平成十八年に百名城に選ばれ、ようやく訪れる人も増え始めた。

八王子城の死者は、城方約千三百、寄せ手約千と言われているが、寄せ手の方の死者が城方よりも多かったという話もある。負傷者は死者の三倍とも言われている。江戸時代初期から大善寺で、落城時の死者をまつる「**お十夜**」という法要がおこなわれるようになった。

落城後、八王子は家康のものになり、家康配下の大久保長安が、荒れ果てた八王子城下から、今現在の八王子市中心部に町を移した。長安は、いちょう並木になっている甲州街道の正面に富士山が映えるように道をつくったことで有名である。

【大善寺のお十夜】

氏照が菩提寺にしていた大善寺では、江戸時代初期から八王子城落城の戦死者を法要するためにお十夜を始めた。関東一円から多くの人が集まったという。木下サーカスをはじめ、多くのサーカスや見世物小屋、屋台の店で賑わったとのこと。真意のほどは分からないが、六尺の大イタチの見世物小屋もあったとか。六尺の大イタチと呼び込みをやって、入ってみると、血が付いた大きな板がたて掛けてあるだけだったとか！　漢字で書くと、「六尺の大板血」ということらしい。面白い話である。このネタは落語にもなっているらしい。一九六一年、国道十六号線の拡幅計画にかかり、残念ながらお寺は大横町から大和田に移り、お十夜はなくなった。今は大谷にあり、最近、当時の面影はないものの、お十夜が小規模ながら再開されている。ここの墓地の一番高いところに、松本清張の墓がある。

【赤備え】

鎧、兜など、すべての装備を朱色で統一した、武田の最強軍団である。

【千人同心】

武田の軍団を大久保長安が再編成した、八王子を守るための武士団。

*どうして氏照が八王子城などで戦わなかったかについては、次頁以降の解説で詳しく述べたい。

解説私見

八王子城の落城の謎に迫る！

八王子といえば高尾山が有名である。年間三百万人もの登山客が訪れるほどだ。高尾山からほど近い国指定史跡、八王子城は、ごく一部の城マニアにしか知られていない。そこで、八王子城を地元や近隣の人に知ってもらおうと思い、八王子城のＰＲの意味合いで小説を書くことにした。

当初、「風雲！　八王子城」というタイトルに仮決めし、数人で取材と執筆を分担して作ることにした。調べ始めると、歴史の転換点の戦いなのに教科書にも出てこないし、地元の人でもほとんど訪れたことがない、さみしい忌み山扱いだった。

小説のプロット（概略）を作るために、色々な歴史資料、小説などを調べてみた。調べれば調べるほど、城主北条氏照が不在の城で、農民、僧侶、修験者、老人、女性がどうして戦わなければならなかったのかが分からなかった。八王子城を捨て石にして小田原城に籠城したのに、八王子城が落城してすぐ小田原を開城したのも不思議な話である。一体何のために八王子城が捨て石になったのだろう。戦略的に何かしらの理由があったのだろうか。

歴史は勝者によって作られるといわれるので、本当のところは分からないが、八王子に住む者としては、何かもっと打つべき手があったのではないかとつい思ってしまう。特に、八王子城の構造を知れば知るほど、その思いは強くなった。

そこで、戦略、戦術について調べた視点から私見を述べてみたい。

1．沼田問題は秀吉の策略だったのか

真田領を三分割して、二つを北条側に、残り一つの名胡桃を真田に分けた。このあたりは、あえて火種を残した秀吉の策略だったのではないか。秀吉にとって、各大名の成果にみあった恩賞を与える領地が不足していたのも、北条を落とす目的だったようである。北条側が名胡桃城を攻め落としたのは、秀吉の目が伊達側に移るのを防ぐための真田の挑発が背景にあったという説もある。また、北条と真田は内通していて、故意に侵略したという説さえある。

北条にとって、まずは「関東・奥惣無事令」にしたがい、秀吉に臣従した方が良かったといえるだろう。和戦両様の構えはいいが、家康や伊達のように臣下となっておいて、それから後の対応を考えていた方が良かったのかもしれない。

2. 小田原からの支城への支援

上杉、前田、真田などが北から攻めて来た時、小田原から支援軍を出して、各支城での初戦で抵抗すれば、勝機は充分にあった。北からの秀吉勢は、食料、物資の調達が必要だが、支援軍は支城からの調達が可能で、戦いを有利に運べたからである。敵が支城との戦いに手間取れば、八王子城や小田原城まで到達するのに日時もかかる。その間、秀吉との交渉事や伊達との結束の確認も進められただろう。さしもの秀吉とて、糧秣の乏しくなる冬まではとても待てなかったろうし、小田原への直接攻撃は消耗が激しいので、諦めて西国へ戻った可能性もある。長い戦いの末に支城が落とされても、北からの秀吉勢はそのたびに兵力を削がれていく。八王子城を攻める頃にはかなりのダメージを受けていただろう。その段階で八王子城に氏照軍が加われば勝機はあった。

3. 忍城は落城せず、八王子城は何故落城したのか

八王子城主の氏照が小田原に籠り、どうして八王子城で戦わなかったのか。それには次のような様々な説が考えられる。

一、病気説

五十歳を超えていた。急病や持病などで気力を失っていた。

二. 軟禁説

重臣松田尾張守などの籠城派に軟禁されていた。

三. 院政説

氏直が当主になったものの、父の氏政が院政として力を発揮していた。この親子の関係に、氏政の弟の氏照は口を出すことができなかった。北条一の武闘派でもあり、当主を狙っているのではないかと噂され、手をこまねいているしかなかった。

四. 後継ぎ説

氏照には後継ぎがいなかったので、八王子城はあきらめた。

五、籠城説

徳川家康の娘と氏直が婚姻関係にあり、さらに伊達の後詰めの可能性もあったので、話し合いで解決できると期待していた。

六、脱出不可能説

小田原が秀吉軍に包囲されたので出るに出られなかった。

さて、忍城について少し記す。兵士のほとんどが小田原に詰めていたのに、少数の農民を主にした戦いで、石田三成の三万もの大軍に攻められても、また小田原が落城した後でも落ちなかった忍城。何故だろうか。八王子城との違いは何だったのか。

まず、城代と正室、城主の娘が活躍したとの話がある。また、攻めにくい沼城だったことも有利に働いた。さらに、守りの分担や自由に動ける部隊を作ったというのも大切なポイントだろう。

三成は水攻めを繰り返したが、城側の泳ぎ手が堤防を破壊し、これが逆に三成側に逆流して失敗した。城代には人望があり、城外の住民が破壊したとの説もある。

城の周りは沼地で、城門が少なく、寄せ手が四方から平寄せで攻めることができない。それに、矢や弾丸が豊富にあれば、敵をゆっくり順繰りにやっつけることができる。少数の守りで多くの敵と戦うには、周りが沼や川、湿地帯の場合が有利のようである。

いろいろ条件があると思うが、落城まで耐え忍んだ長さは、忍城が一番である。それに比べて、八王子城の一日、韮山城の四ヶ月、山中城の二時間は、あまりにも短いといえるだろう。

小説『のぼうの城』で取り上げられているので、ぜひ読んでいただきたい。

4．八王子城は時代遅れの城だったのか

小田原城以上に本格的で大がかりな城造りが施されている八王子城だが、水堀、石垣などが豊富にある、大阪城のような造りではない。八王子城は時代遅れではなかったのか。兵と農の分離が進んでいない時代では、こうした城造りをするのが限界だったのか。

城は守りが大事なのに、安土城のマネをして、幅広い道を造ったのはいただけない。これはどう考えても守りに不向きな道で、見栄を張る意図しか感じられない。いくら最高の山城でも、十倍以上の寄せ手に攻められては対応が難しい。

城域が広ければ広いほど、守りの要員も必要になってくるので、戦力が同じなら守りの方が有利である。また、数倍の相手でも、守る側の戦略如何では持ちこたえられる。しかし、相手が十倍で

は差があり過ぎる。また、兵農分離の進んでいる徳川勢と、農民が兵になっている北条勢との違いも大きい。

5．小田原評定は何故機能しなかったのか

過去の籠城と同じとたかをくくり、秀吉の食料、兵士の数などを甘く見ていたのではないか。伊達が北条になびくと思っていたのも甘い。時代の流れや秀吉の勢いを分析しそびれ、判断を誤った可能性がある。それに、北条家重臣筆頭の松田憲秀が内通していたというのは残念である。

いまでは、「小田原評定」といえば、会議ばかりしていて何も事が進まない例えに使われ、北条は笑い者になってしまっている。

最大の問題は、補佐するナンバー2の不在だろう。せっかくの近代的会議方式も、決断するトップと的確に助言できるナンバー

2がいなければ機能しない。下々の者のいろいろな意見を聞き、最終的にトップが決断するのが組織である。大事なのは補佐するナンバー2など、優秀なスタッフがいるかどうかである。

北条は過去に籠城して成功した例に固執し過ぎたきらいがある。それが今回も通じると思っていたようだ。秀吉勢は物資の補給も充実していた。初戦で補給路を断つなどの対応で兵糧の当てをなくす必要があったのではないかと思う。後詰のない小田原城の場合は奇襲作戦も検討の必要がありそうである。敵に出入り口を確保されては逆襲作戦で苦戦するだけである。

このように、主戦派と穏健派が対立したままで、これといった解決策を提示できるナンバー2がおらず、トップのリーダーシップも不在のまま、武士の意地と強気の姿勢のみで、結局、滅亡してしまった感がある。

6．戦略戦、情報戦に負けたか

北条が籠城作戦をとるだろうということで、秀吉軍は食料、物資の補給対策を万端整えていた。搦め手の間道情報も掴んでいた。情報を制する者が戦を制す時代に入っていたのだが、北条にはその認識が欠落していたようだ。

小田原詰の八王子勢を関東の支城に派遣し、小田原からなるべく遠いところで敵と相対峙すれば、八王子城攻めに支城の落城勢が加わることもなく、八王子城での戦いも有利になっていたのではないかと思う。支城での戦いは、兵糧や物資の補給の面で寄せ手よりはるかに有利である。八王子城が落城しなければ、北条の滅亡は防げたかもしれない。

7．戦国時代と現代の経営

歴史は繰り返すといわれるが、家電大手が次々と海外の新興企業に買収されるのを見ると、外資系企業が秀吉で、日本企業が北条に見えて仕方がない。パソコン業界でも同じようなことが起きている。カメラ業界でも、海外ではないが、老舗企業が新しい電気メーカーや素材メーカーによって買収される例が何件か発生している。

カメラがデジタル化し、世界のフイルムメーカーが消える中で、唯一残された日本メーカーが業態を変えて生き残っている。戦国時代では、上杉が家康に逆らったが、米沢で生き残った。北条は生き残る戦略を選択できなかったのだろうか。死んで虜囚の辱めを受けずの気構えだったのだろうか。八王子に住む者としては残念なことである。もし生き残っていたら、八王子城の資料、遺構なども、今以上にたくさん残っていただろう。

8．まとめ

北条がしっかりと戦略を立て、北からの上杉、前田勢の支城攻めに支援態勢を早くから取っていれば、八王子城の戦いがあったとしても、勝利した可能性がある。支城、八王子城が落城しないか、あるいは落城したとしても、その時期が遅くなれば、季節は冬に入り、小田原の籠城策は成功していた可能性が高い。

宣教師ルイス・フロイスも、小田原が冬までもてば落城しないし、秀吉の勝ち目はないと分析していた。宣教師は武士社会に深く入り込み、情報収集と分析に余念がなかったようである。その証拠に、あの真田幸村もフランコという洗礼名のキリシタンだったという噂もある。

いずれにしても、氏照が小田原から動けなかったことが、八王子城落城の直接的要因であり、小田原北条の崩壊の遠因であったように思う。

前川實著
『八王子城今昔物語絵図』より
（一部抜粋、揺籃社刊）

杉沢の頭
高ドッケ
富士見台
屋敷
屋敷
詰城
詰城下大石垣
本丸北馬
水汲谷津
見張所
見張所
熊笹山
詰城通り
井戸
無名曲輪
見張所
中腹道
太鼓曲輪頭
駒冷やし場
材木沢
北沢
南沢
南馬
無名台
小下沢
石垣地下水
調整池
館西境施設
四段大石垣
殿の
堀切⑤
見張所
岩山砦
水池
堀切④
堰止堀池
太鼓
曲輪虎口
能楽堂
御主殿
正門
地蔵山のろし台
通用門
太鼓曲輪
南陣場
御主殿の滝
堀切③
虎口
曳き橋
堰止堀
太鼓曲輪
愛馬養育場
大手道
大手門前屋敷
大手門
堀切②
片堀切
駒ヶ谷戸
御霊谷川
駒木
木野砦
白山神社
金南寺
廿里砦

あとがき

本書出版にあたっては多くの友人、城関係者の支援をいただきました。特に三人には、取材、デザイン、編集などで強力な支援をいただきました。感謝を込めて、名前の公開はしませんが、三人の名から一文字ずついただき、山岩 淳というペンネームで出版することにしました。また、表紙と本文への地図の使用をご快諾くださった前川實先生に感謝申し上げます。さらに、製作面で揺籃社のスタッフの方に大いにサポートしていただきました。感謝、感謝！

主人公は架空の人物ですが、できるだけ史実から離れないように心がけました。また、調査は十分にしたつもりです。異説、間違いなどがありましたら、教えていただきたいと思います。

この小説を読んで、八王子城に興味をもっていただければと思います。本書を持って八王子城に登り、戦国時代のロマンに浸っていただけたら著者として最高の喜びです。

二〇一七年二月吉日

◎参考文献

・『八王子城―みる・きく・あるく― 改訂新版』（峰岸純夫・椚國男・近藤創編、揺籃社）
・『決戦！ 八王子城』（前川實著、揺籃社）
・『八王子城今昔物語絵図』（前川實著、揺籃社）
・『八王子城精密ルートマップ』（堀籠隆著、揺籃社）
（その他、八王子中央図書館にて調べた書籍、資料など多数）

【高尾山の花名さがし隊の既刊本紹介】

乱世！ 八王子城

2017年３月１日　印刷
2017年３月10日　第１刷発行

著　者　山岩　淳
編　集　高尾山の花名さがし隊
発　行　揺　籃　社
〒192-0056 東京都八王子市追分町10-4-101
TEL 042-620-2615　FAX 042-620-2616
http://www.simizukobo.com/

印刷・製本　㈱清水工房

ISBN978-4-89708-381-0 C0093　落丁・乱丁本はお取り替えします